Inspirational Sayings

幸せの鍵が見つかる

世界の美しいことば

訳・絵　前田まゆみ

創元社

Foreword
はじめに

　幸せが何なのかは、人によってちがうかもしれません。たとえば私にとっては、ありのままの自分を受け入れ、自分のいる場所を愛し、自分の行く先をまっすぐ見つめられること、それが幸せの鍵になります。
　この絵本では、今まで、そんな幸せの鍵を見つける手助けをしてくれた外国の美しいことばをあつめて訳し、絵をつけました。学生時代から愛読している詩や、大切にしているネイティブ・アメリカンの言い伝え、それにことわざや童話の断片など、いろいろです。

原典になった英語（2カ所のみフランス語）の文章と対訳にしてあるので、自分ならこう訳す、という楽しみ方もしていただけると思います。

多くは古いことばで、それらは、長い年月、人々の心から心へと受け継がれてきたものです。時代が変わっても残ることばは、人の心の一番奥にある変わらないものに訴えかける力を持っていると感じます。

ことばは時には無力なようでいて、人生に深く影響するほどの不思議な力を持つこともあります。

読者のみなさんにとっても、幸せの鍵になることばが見つかりますように。

前田まゆみ

Contents
もくじ

Love Something,
Love Somebody
愛するものたち

The Flowers, The Earth
and The Sky
草花と大地と空と

What is Life?
生きるって何？

Something Invisible
目に見えないもの

The happiness of life is made up of minute fractions —
the little soon forgotten charities of a kiss or smile,
a kind look, a heartfelt compliment, and the countless
infinitesimals of pleasurable and genial feeling.

Samuel Taylor Coleridge

暮らしの中の幸せは、
ささやかな瞬間が積み重なることで作られます。
すぐに忘れてしまうような、ちょっとしたキスや
ほほえみ、やさしい表情、心からのほめ言葉、
そして、数え切れないほどのうれしく心地よい、
とても小さな気持ちのあつまりです。

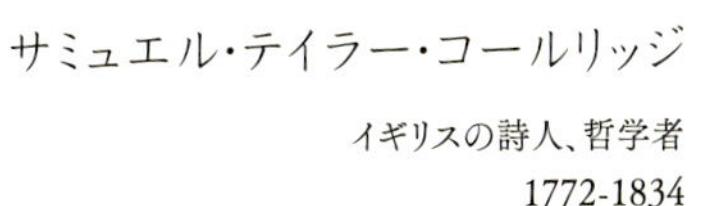

サミュエル・テイラー・コールリッジ

イギリスの詩人、哲学者
1772-1834
『即興芸人』より

Who has not found the Heaven - below -
Will fail of it above -
For Angels rent the House next our's,
Wherever we remove -

Emily Dickinson

地上で　天国がみつからないなら
きっと　空にもみつからない
だって
天使は　いつも　となりに住むから
私たちが　どこへ　ひっこしても

エミリ・ディキンスン

アメリカの詩人
1830-1886

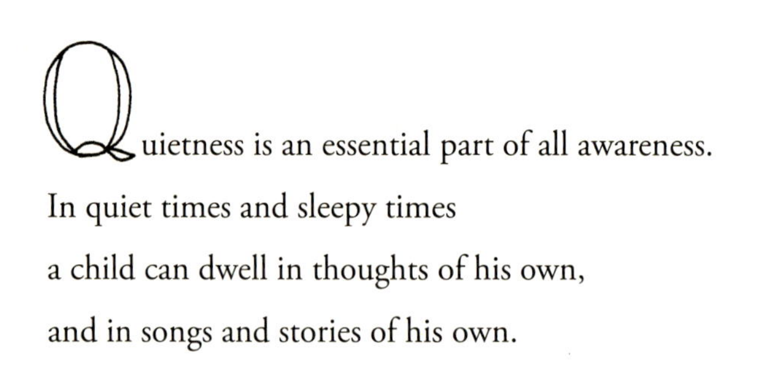

Quietness is an essential part of all awareness.
In quiet times and sleepy times
a child can dwell in thoughts of his own,
and in songs and stories of his own.

Margaret Wise Brown

静けさは、あらゆる「気づき」をもたらす
大切なものです。
静けさの中や眠る前の時間、
子どもは、自分の考えや
自分で作った歌やお話の世界に
浸りきることができるでしょう。

マーガレット・ワイズ・ブラウン

アメリカの児童文学者
1910-1952

It is not enough to be industrious; so are the ants. What are you industrious about?

Henry David Thoreau

勤勉なだけでは　満たされないのです。
アリだって、勤勉なのですから。
あなたは、何に勤勉ですか？

ヘンリー・デヴィッド・ソロー

アメリカの作家、詩人
1817-1862

The true harvest of my daily life is somewhat as intangible and indescribable as the tints of morning or evening.
It is a little star-dust caught, a segment of the rainbow which I have clutched.

Henry David Thoreau

私の日々のほんとうの収穫は、
朝や夕方の淡い色のように、
触れたり語ったりできない何かです。
それは小さな星くずをつかまえたり、
虹の一部をつかんだりするようなものです。

ヘンリー・デヴィッド・ソロー

アメリカの作家、詩人
1817-1862
『ウォールデン　森の生活』より

Dont put up my Thread & Needle -
I'll begin to Sow
When the Birds begin to whistle -
Better stitches - so -

……

Till then - dreaming I am sowing
Fetch the seam I missed -
Closer - so I - at my sleeping -
Still surmise I stitch -

Emily Dickinson

私の針と糸をかたづけないで
縫いものを　また　始めるから
鳥が歌い始めたら
ステッチは　もっと素敵になるから
……
それまでは　縫いものの夢を見ていよう
まだ縫えていない縫い目をひきよせ
眠りの中で
ずっと　縫う夢を

エミリ・ディキンスン

アメリカの詩人
1830-1886

I have been here before,
But when or how I cannot tell:
I know the grass beyond the door,
The sweet keen smell,
The sighing sound, the lights around the shore.

Dante Gabriel Rossetti

いつか、ここに来たことがあるのです。
でも、いつ、どうやって来たのだったか。
ただ、扉のそばの草をおぼえています。
そのあまい、すがすがしい香り、
ため息のような音、海辺の光とともに。

ダンテ・ガブリエル・ロセッティ

イギリスの画家、詩人
1828-1882
『突然の光』より

Yesterday is ashes;
tomorrow wood.
Only today does the fire burn brightly.

Inuit

昨日、それは灰。
明日、それは薪。
今日だけは、火が明るく燃えています。

イヌイット

Love Something,
Love Somebody
愛するものたち

Remember that everyone you meet
is afraid of something, loves something,
and has lost something.

Proverb

おぼえていましょう。
出会うすべての人には、
なにか心配ごとがあり、愛するものがあって、
そして、失ったものがあるということを。

ことわざ

"Just being alive is not enough",
said the butterfly.
"One must have sunshine,
freedom,
and a little flower to love."

Hans Christian Andersen

「生きているだけでは
ちょっと足りない」
蝶は言いました。
「太陽の光と、自由と、
そして、愛する小さな花がいる」

ハンス・クリスチャン・アンデルセン

デンマークの童話作家
1805-1875
「蝶」より

There are many kinds of love, as many kinds of light,
and every kind of love makes a glory in the night.
There is love that stirs the heart, and love that gives it rest,
But the love that leads life upward is the noblest and the best.

Henry Van Dyke

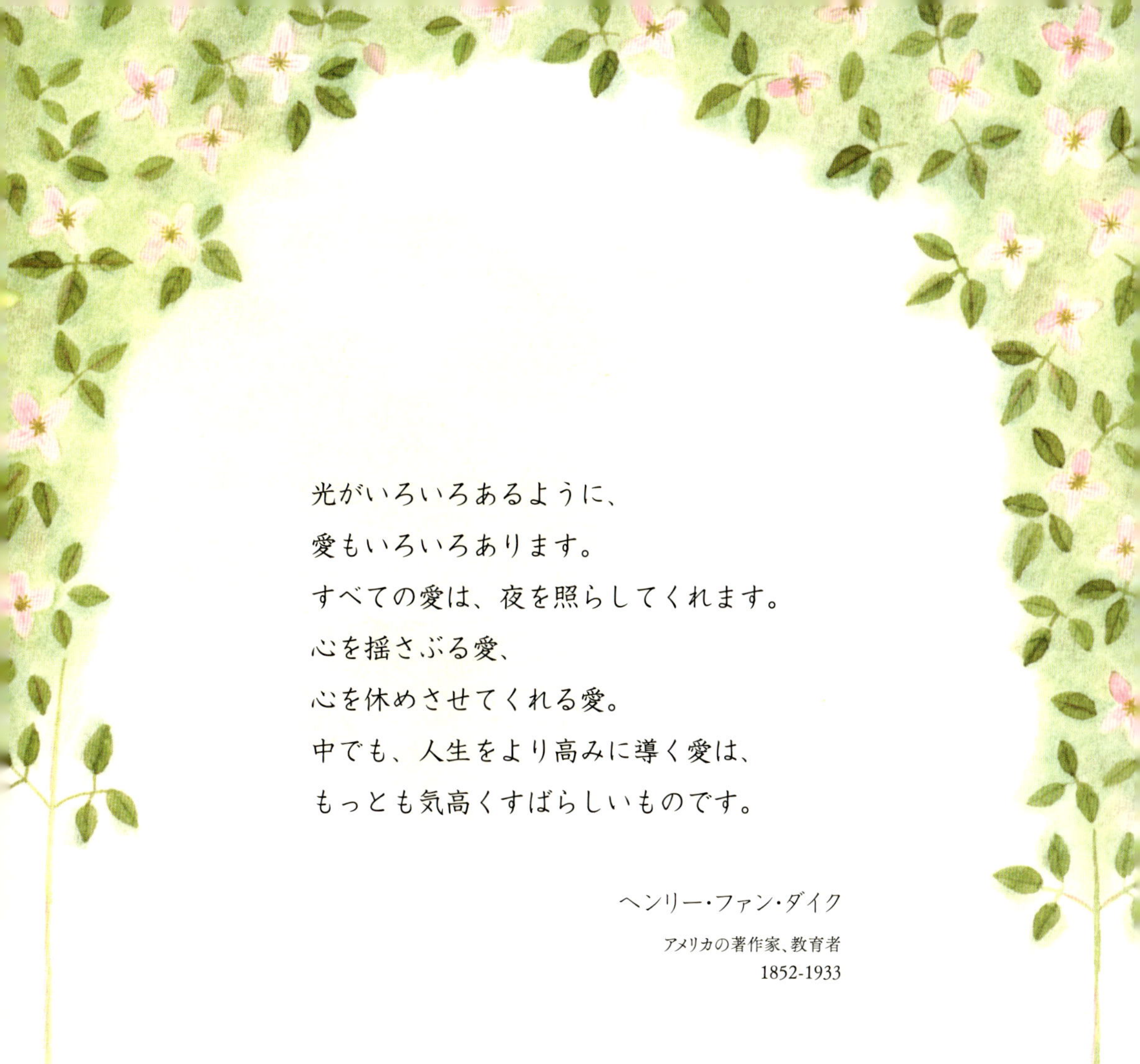

光がいろいろあるように、
愛もいろいろあります。
すべての愛は、夜を照らしてくれます。
心を揺さぶる愛、
心を休めさせてくれる愛。
中でも、人生をより高みに導く愛は、
もっとも気高くすばらしいものです。

ヘンリー・ファン・ダイク

アメリカの著作家、教育者
1852-1933

Love is the only thing that we can carry with us when we go.

Louisa May Alcott

愛は、

私たちがこの世を去るとき唯一持って行けるもの。

ルイザ・メイ・オルコット

アメリカの作家
1832-1888
『若草物語』より

Love is like the wild rose-briar,
Friendship like the holly-tree—
The holly is dark when the rose-briar blooms
But which will bloom most constantly?

The wild rose-briar is sweet in spring,
Its summer blossoms scent the air;
Yet wait till winter comes again
And who will call the wild-briar fair?

Then, scorn the silly rose-wreath now,
And deck thee with the holly's sheen,
That, when December blights thy brow,
He still may leave thy garland green.

Emily Brontë

恋愛は、香りのよい野ばらのよう
友情は、柊の木のよう
野ばらが咲くとき、柊は暗い緑
でも、どちらが長くもつのだろう？

春の野ばらは美しく
夏、その香りは風に薫る
でも、また冬が来たら
だれが野ばらをほめてくれる？

朽ちた哀しい野ばらのリース
今、あなたを柊の葉の輝きが飾る
12月があなたの花を枯らしても
柊があなたを緑のままにいさせてくれる

エミリ・ブロンテ

イギリスの小説家、詩人
1818-1848

Confiture Bonne
Fraises
30g

Confiture Bonne Maman
30g Fraises
Fruits choisis

Bonne Maman
Fraises
Fruits Choisis

Confiture
30g

'Tis better to have loved and lost
Than never to have loved at all.

Alfred Lord Tennyson

愛して失った方がずっといい
一度も愛したことがないよりは

アルフレッド・ロード・テニスン
イギリスの詩人
1809-1892
『イン・メモリアム』より

It is not a lack of love, but a lack of friendship that makes unhappy marriages.

Friedrich Nietzsche

不幸な結婚を招くのは、愛がないことではなく、
そこに友情がないことです。

フリードリッヒ・ニーチェ

ドイツの哲学者
1844-1900

A house is made of bricks and stone.
But a home is made of love alone.

Unknown

「家（ハウス）」は、
れんがや石でできています。
でも
「うち（ホーム）」は、
愛だけでできています。

作者不明

The Flowers, The Earth
and The Sky
草花と大地と空と

How does the meadow-flower its bloom unfold!
Because the lovely little flower is free
Down to its root, and in this freedom bold.

William Wordsworth

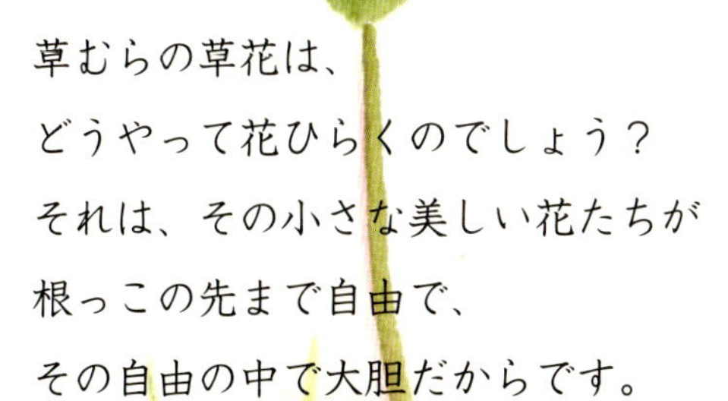

草むらの草花は、
どうやって花ひらくのでしょう？
それは、その小さな美しい花たちが
根っこの先まで自由で、
その自由の中で大胆だからです。

ウィリアム・ワーズワース

イギリスの詩人
1770-1850

Treat the earth well:
It was not given to you by your parents.
It was loaned to you by your children.

Chisca

大地を丁重に扱いましょう。
大地は、両親から与えられたものではなく、
子どもたちから借りているものだから。

チスカ族

ネイティブ・アメリカン

Every particular in nature,
a leaf, a drop, a crystal, a moment of time
is related to the whole,
and partakes of the perfection of the whole.

Ralph Waldo Emerson

自然の中のすべてのもの、
たとえば　一枚の葉、一滴の雫、一つの鉱石、
ある一瞬のときは、全体とつながっています。
そして、
全体の完璧な調和をかたち作っているのです。

ラルフ・ワルド・エマソン

アメリカの思想家、著作家
1803-1882

Man has responsibility, not power.

Tuscarora

人間には、力があるのではありません。
責任があるのです。

ツカロラ族

ネイティブ・アメリカン

Take only what you need
and leave the land as you found it.

Arapaho

自分の必要な分だけを取り、
大地は
見つけたときのままにしておきましょう。

アラパホ族

ネイティブ・アメリカン

I believe a leaf of grass is no less than the journey-work of the stars.

Walt Whitman

一枚の草の葉にも、

宇宙を旅する星と同じ価値があると、ぼくは信じてる。

ウォルト・ホィットマン

アメリカの詩人、著作家
1819-1892

To make a prairie it takes a clover and one bee,
One clover, and a bee,
And revery.
The revery alone will do,
If bees are few.

Emily Dickinson

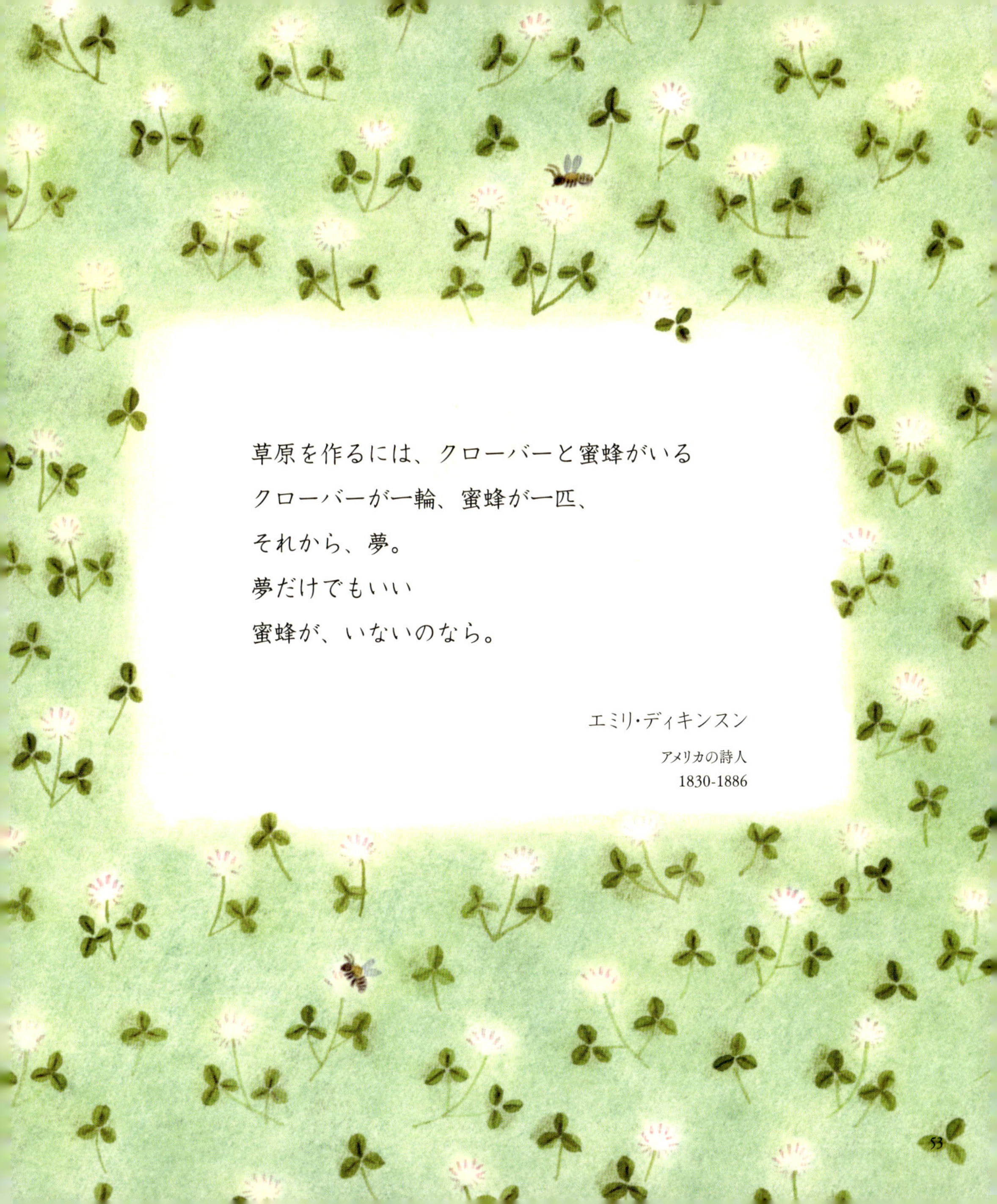

草原を作るには、クローバーと蜜蜂がいる
クローバーが一輪、蜜蜂が一匹、
それから、夢。
夢だけでもいい
蜜蜂が、いないのなら。

エミリ・ディキンスン

アメリカの詩人
1830-1886

"YOU are the big drop of dew under the lotus leaf,
I am the smaller one on its upper side,"
said the dewdrop to the lake.

Rabindranath Tagore

「あなたは蓮の葉の下の大きな雫ですね。
わたしは葉の上の小さな雫です」
露は、湖にそう言いました。

ラビンドラナート・タゴール

インドの詩人
1861-1941
『迷い鳥たち』より

Only when the last tree has died
and the last river been poisoned
and the last fish been caught
will we realize we cannot eat money.

Cree

最後の木が枯れ、
最後の川が汚染され、
最後の魚が捕らえられたときになって
はじめて、私たちは、
貨幣は食べられないことに
気づくのでしょう。

クリー族
ネイティブ・アメリカン

Who has seen the wind?
Neither you nor I:
But when the trees bow down their heads
The wind is passing by.

Christina Rossetti

だれか風を見たことがある？
いいえ、あなたも私も。
けれど、木々が頭を下げるとき
風がとおりすぎていく。

クリスティーナ・ロセッティ

イギリスの詩人
1830-1894
『童謡集』より

The fairest Home I ever knew
Was founded in an Hour
By Parties also that I knew
A spider and a Flower -
A manse of mechlin and of Floss -

Emily Dickinson

今まで見たなかで
いちばん素敵な家は
たった１時間で　できた
私の知り合いの
花と蜘蛛が　作った
ベルギーレースと
ふわふわの綿の家。

エミリ・ディキンスン

アメリカの詩人
1830-1886

Tribute to thanksgiving-

We return thanks to our mother, the earth, which sustains us.

We return thanks to the rivers and streams, which supply us with water.

We return thanks to all herbs, which furnish medicines for the cure of diseases.

We return thanks to the moon and the stars, which have given to us their light when the sun was gone.

We return thanks to the sun, which has looked upon the earth with a beneficient eye.

Lastly, we return thanks to the Great Spirit, in who is embodied all goodness and who directs all things for the good of her children.

Iroquios

サンクスギビングに捧ぐ言葉—
私たちは、私たちを生き続けさせてくれる
母なる大地に感謝を捧げます。
また、私たちに水を与えてくれる川と小川に感謝を捧げます。
薬となり病を癒してくれるハーブに感謝を捧げます。
太陽が沈んだとき、光となってくれる月と星に感謝を捧げます。
大地を恵み多き目で見守ってくれる太陽に感謝を捧げます。
そして、あらゆる良きものの統合であり、
その子どもたちを良き方向へ導いてくれる
大いなる魂に感謝を捧げます。

イロコイ連邦
ネイティブ・アメリカン

Life is like riding a bicycle.
To keep your balance, you must keep moving.

Albert Einstein

生きていくことは、自転車に乗るようなものです。
バランスを保つために、ずっと漕ぐ必要があるのです。

アルバート・アインシュタイン

ドイツ出身のユダヤ系物理学者
1879-1955

If I can stop one Heart from breaking
I shall not live in vain
If I can ease one Life the Aching
Or cool one Pain

Or help one fainting Robin
Unto his Nest again
I shall not live in vain.

Emily Dickinson

もし 私が　ひとつの心がこわれるのを
止められるなら
生きるのも　むだではない

もし　ひとつの命のうずきを
やわらげられるのなら
または　その痛みを
しずめられるのなら

それとも　気をうしないかけた　こまどりを
巣にもどして　あげられるなら

生きるのも　むだではない

エミリ・ディキンスン

アメリカの詩人
1830-1886

Happy are the hearts that can bend
for they will never break.

Francis de Sales

よくしなる心を持てれば、幸せです。
それは、折れることがありません。

フランシスコ・サレジオ

カトリック教会の司祭、聖人
1567-1622

In the life of each of us,
there is a place remote and islanded,
and given to endless regret or secret happiness.

Sarah Orne Jewett

人生の中で、
だれもがみな、ひそやかな孤独の場所を持っている。
終わりのない後悔や、秘められた幸せをしまっておくための。

サラ・オーン・ジュエット

アメリカの小説家、詩人
1849-1909
『とがったもみの木の国』より

By the time it came to the edge of the Forest, the stream had grown up, so that it was almost a river, and, being grown-up, it did not run and jump and sparkle along as it used to do when it was younger, but moved more slowly. For it knew now where it was going, and it said to itself, "There is no hurry. We shall get there some day."

A.A.(Alan Alexander)Milne

やがて森のふちに着くと、せせらぎが大きく
育って川になっていました。
おとなになった川は、子どものころのように
走ったり飛び跳ねたり、きらめいたりしてい
ませんでしたが、ゆったりと流れていました。
今、川は自分がどこへ行こうとしているかが
わかっていて、ひとりごとを言いました。
「何も急ぐことなんてない。いつかは着くんだ
から」

A.A.ミルン

イギリスの児童文学者
1882-1956
『プー横町にたった家』より

To laugh often and much;
to win the respect of the intelligent people
and the affection of children;
to earn the appreciation of honest critics
and endure the betrayal of false friends;
to appreciate beauty;
to find the best in others;
to leave the world a bit better
whether by a healthy child,
a garden patch,
or a redeemed social condition;
to know that one life has breathed easier
because you lived here.
This is to have succeeded.

Attributed to Ralph Waldo Emerson

たくさんよく笑い、
知性ある人たちから尊敬され、
子どもたちから愛される。
誠意ある批評家から評価され、
偽の友人の裏切りに耐え、
美しいものを慈しむ。
他人の一番良い所を見つけ、
たとえば健やかな子どもを育てたり、
花だんを作ったり、
社会の問題を解決することで、
世界を少しだけ良いものにする。
自分がいることによって、
たったひとつの命でも、ほっと息をつけたことを知る。

これが、成功ということです。

伝ラルフ・ワルド・エマソン

アメリカの思想家、著作家
1803-1882

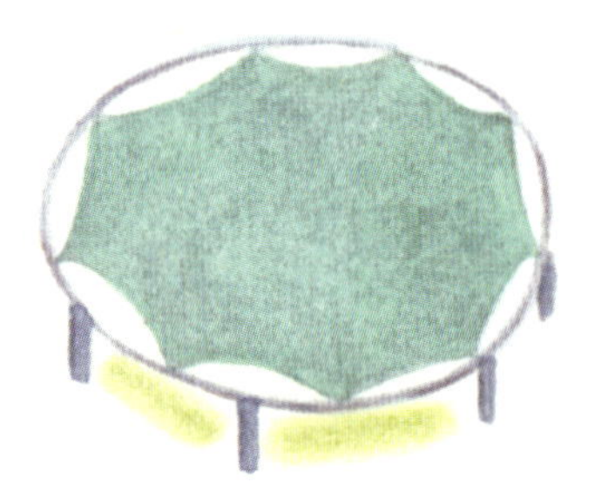

Men grow old because they stop playing, and not conversely, for play is, at bottom, growth, and at the top of the intellectual scale it is the eternal type of research from sheer love of truth.

Granville Stanley Hall

人は、老いて遊ばなくなるのではなく、
遊ばなくなると老いるのです。
遊ぶことは、
知性が芽生え、育ち、成熟していく中で、
真実への強い愛情に根ざした、
探求の永遠の形だからです。

グランヴィル・スタンレー・ホール

アメリカの心理学者
1844-1924

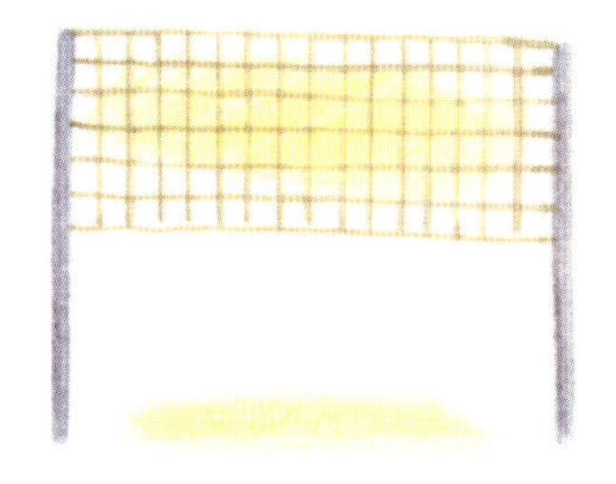

Faith is taking the first step,
even when you don't see
the whole staircase.

Martin Luther King, Jr.

最初の一歩を踏み出すのが、
信じるということです。
たとえ、階段の全部を見渡せなくとも。

マーティン・ルーサー・キング・ジュニア

アメリカの牧師
1929-1968

THE world has kissed my soul with its pain,
asking for its return in songs.

Rabindranath Tagore

世界は、
わたしの魂の痛みにキスしてくれました。
それを歌に変えるようにと。

ラビンドラナート・タゴール

インドの詩人
1861-1941
『迷い鳥たち』より

The soul would have no rainbow
Had the eyes no tears.

John Vance Cheney

目に涙がなかったら、魂に虹はかからない。

ジョン・ヴァンス・チェイニー

アメリカの詩人
1848-1922

Make the most of your regrets; never smother your sorrow, but tend and cherish it till it comes to have a separate and integral interest.
To regret deeply is to live afresh.

Henry David Thoreau

後悔はたくさんした方がいいのです。
悲しみをもみ消さないで、
むきあって、慈しみましょう。
それがいつか自分から距離のある
ひとつの思い出になるまで。
深く後悔することは、
もう一度生き直すことにつながります。

ヘンリー・デヴィッド・ソロー

アメリカの作家、詩人
1817-1862

CLOUDS come floating into my life from other days no longer to shed rain or usher storm but to give colour to my sunset sky.

Rabindranath Tagore

過ぎ去った時から、
雲が人生に流れてきます。
もはや雨を降らすことも、
嵐をおこすこともありません。
ただ、日没の空に、色を添えてくれます。

ラビンドラナート・タゴール

インドの詩人
1861-1941
『迷い鳥たち』より

Soyez comme l'oiseau posé pour un instant sur des rameaux trop frêles qui sent plier la branche, et qui chante pourtant, sachant qu'il a des ailes.

Victor Hugo

細い枝に一瞬とまって
その枝が折れかけても、
自分の翼を信じ
歌いつづける
小鳥のようでいましょう。

ヴィクトル・ユーゴー

フランスの作家
1802-1885

Seek wisdom, not knowledge.

Knowledge is of the past, wisdom is of the future.

Lumbee

知識ではなく、知恵をもとめましょう。
知識は過去のもので、
知恵は未来のものだから。

ラムビー族

ネイティブ・アメリカン

Remember that your children are not your own,
but are lent to you by the Creator.

Mohawk

あなたの子どもは、あなたのものではないことを
おぼえておきましょう。
ただ、創造主から預かっているだけなのです。

モホーク族
ネイティブ・アメリカン

Our virtues and our failings are inseparable,
like force and matter.
When they separate, man is no more.

Nikola Tesla

私たち人間の美しさと過ちは、
力と物質のように、切り離せないものです。
もし、切り離されてしまったら、
人間は存在できなくなります。

ニコラ・テスラ

オーストリア生まれのセルビア人発明家、科学者
1856-1943

It is not because angels are holier than men or Devils
that makes them angels,
but because they do not expect holiness from one another,
but from God only.

William Blake

天使が天使であるのは、
人や悪魔より聖なるものだからではありません。
それは、天使が、互いの評価ではなく
神だけから、
聖なるものと認められようとしているからです。

ウィリアム・ブレイク

イギリスの詩人
1757-1827

Nothing returns to naught; but all return
At their collapse to primal forms of stuff.
Lo, the rains perish which Ether-father throws
Down to the bosom of Earth-mother; but then
Upsprings the shining grain, and boughs are green
Amid the trees, and trees themselves wax big
And lade themselves with fruits; and hence in turn
The race of man and all the wild are fed;

Lucretius

まったくの無に終わることは
何一つありません。
ただ、すべてのものは、
もとの一つひとつの要素に戻っていきます。
父なる空から降りそそぎ姿をなくした雨は、
母なる大地の胸に染み込み、
輝く穀物を実らせ、
木々に枝をしげらせます。
大きく育った木々は
やがてたわわに実を結び、
人々や動物たちを養ってくれるのです。

ルクレティウス

ローマの詩人、哲学者
紀元前94頃 - 紀元前55頃

WHAT you are you do not see,
what you see is your shadow.

Rabindranath Tagore

自分がほんとうは何なのかは、
目に見えません。
見えるのは、自分の影だけです。

ラビンドラナート・タゴール

インドの詩人
1861-1941
『迷い鳥たち』より

Voici mon secret. Il est très simple: on ne voit bien qu'avec le cœur. L'essentiel est invisible pour les yeux.

Antoine de Saint-Exupéry

ぼくのひみつを教えてあげる。
とてもシンプルなことだよ。
正しくものを見られるのは、心だけ。
ほんとうに大切なものは、目には見えないんだ。

アントワーヌ・ド・サン＝テグジュペリ

フランスの作家、飛行操縦士
1900-1944
『星の王子様』より

Water, is taught by thirst.
Land - by the Oceans passed.
Transport - by throe -
Peace, by it's battles told -
Love, by memorial mold -
Birds, by the snow.

Emily Dickinson

水のあることは　渇きが教えてくれる
陸地は　海が
よろこびは　苦しみが
平和は　戦いの記憶が
愛は　形見が
そして　小鳥は　雪が

エミリ・ディキンスン

アメリカの詩人
1830-1886

Heard melodies are sweet,
but those unheard
Are sweeter.

John Keats

聞こえる旋律は美しいものです。
でも、聞こえない旋律は、
もっと美しいものです。

ジョン・キーツ

イギリスの詩人
1795－1821

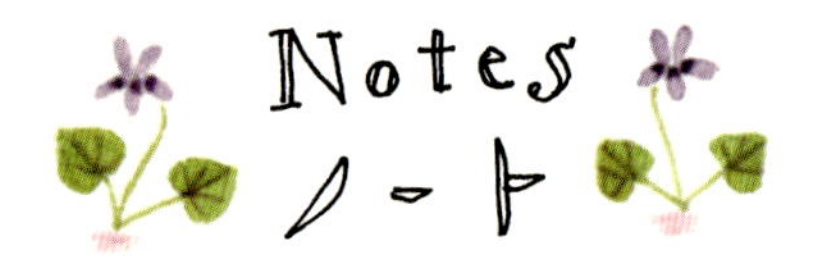

サミュエル・テイラー・コールリッジ：イギリスのロマン主義の代表的詩人。ワーズワースと親友になり、共著で『叙情民謡集』を発表した。

エミリ・ディキンスン：アメリカの代表的な詩人。生前、詩は数篇を例外として発表されず、没後、引き出しに入っていた1800篇におよぶ詩の草稿を妹が見つけた。短い学生生活をのぞき終生実家で家の切り盛りをしながら暮らし、30代の頃から白いドレスのみを身につけるようになったと言われる。

マーガレット・ワイズ・ブラウン：アメリカの児童書編集者、作家。『おやすみなさい　おつきさま』『ぼく　にげちゃうよ』などが代表作。

ヘンリー・デヴィッド・ソロー：アメリカの思想家、著作家。ウォールデン湖畔の丸太小屋で、2年以上自給自足の生活をした経験を書いた『ウォールデン　森の生活』が代表作。

ダンテ・ガブリエル・ロセッティ：イギリスの詩人。「ラファエロ前派」の画家としても有名。

イヌイット：北極圏に暮らす一部族。

ハンス・クリスチャン・アンデルセン：デンマークの童話作家。「人魚姫」「みにくいあひるの子」など、デンマークのみならず世界中で読み継がれる童話作品を数々のこしている。

ヘンリー・ファン・ダイク：アメリカの牧師、教育者。短編小説、詩、エッセイなどの作品を数多くのこした。

ルイザ・メイ・オルコット：アメリカの小説家。実家が裕福でなく、若い頃から文筆業で家計を助けたと言われる。『若草物語』は今も読み継がれる代表作。

エミリ・ブロンテ：イギリスの小説家、詩人。小説『嵐が丘』の作者として有名。姉のシャーロット・ブロンテは『ジェイン・エア』の作者、妹のアンも小説を書いた。

アルフレッド・ロード・テニスン：イギリスの詩人。ケンブリッジ大学の学友アーサー・ハラムの死を悼んで書いた詩の連作が『イン・メモリアム』。

フリードリッヒ・ニーチェ：ドイツの哲学者。実存主義哲学の祖と言われ、後世の多くの哲学者や著作家に影響を与えた。

ウィリアム・ワーズワース：イギリスの詩人。親友サミュエル・テイラー・コールリッジと共著で『叙情民謡集』を発表。イギリスのロマン主義の詩に大きな影響を与えた。

チスカ族：16世紀に北アメリカに暮らしたネイティブ・アメリカンの一部族。18世紀に部族として消滅した。

ラルフ・ワルド・エマソン：アメリカの思想家、著作家。ハーバード神学校を卒業後、教会の牧師に就任したが、しだいに宗教の世界から離れ教会を追われた。アメリカの超絶主義思想の草分け。

ツカロラ族：ネイティブ・アメリカンの一部族。ノースカロライナ州に暮らし、その後ニューヨーク州に移住してイロコイ連邦に加わった。

アラパホ族：コロラド州とワイオミング州に暮らすネイティブ・アメリカンの一部族。

ウォルト・ホイットマン：アメリカの詩人。印刷工、教職などを転々とした後、詩集『草の葉』を自費出版。これが評価され、代表作になった。

ラビンドラナート・タゴール：インドを代表する詩人で、インドとバングラデシュの国歌の作詞者。日本の岡倉天心と親交があった。1913年にノーベル文学賞受賞。

クリー族：カナダに暮らし、ネイティブ・アメリカンとしては最大の一部族の1つ。

クリスティーナ・ロセッティ：イギリスの詩人。詩人で画家のダンテ・ガブリエル・ロセッティの妹。

イロコイ連邦：北アメリカ大陸北東部に居住地を持つネイティブ・アメリカン6部族（モホーク、オノンダガ、オネイダ、カユガ、セネカ、ツカロラ）の同盟。

アルバート・アインシュタイン：ドイツ出身のユダヤ系理論物理学者。スイスに移住し特許庁で働きながら、「特殊相対性理論」などの論文を発表した。のちにアメリカに移住。

フランシスコ・サレジオ：カトリックの司祭、聖人。カトリック教会で大切に敬われる聖人で、1月24日はサレジオの祝日とされている。

サラ・オーン・ジュエット：アメリカの小説家。海辺の地方を舞台にした、地域色豊かな作風が有名。

A.A.（アラン・アレクサンダー）・ミルン：イギリスの児童文学者。当時ロンドンの動物園で人気者だったアメリカ黒くまのウィニーからヒントを得、息子クリストファー・ロビンのために『くまのプーさん』シリーズを書いたと言われる。

グランヴィル・スタンレー・ホール：アメリカの心理学者。大学教授として活躍し、精神分析がアメリカで認知されるきっかけを作った。

マーティン・ルーサー・キング・ジュニア：アメリカの牧師。人種差別に立ち向かった。1964年にノーベル平和賞受賞。1968年に暗殺された。

ジョン・ヴァンス・チェイニー：アメリカの詩人。図書館の司書などを勤めながら詩作をした。

ヴィクトル・ユーゴー：フランスの小説家。『レ・ミゼラブル（ああ無情）』の作者として有名。

ラムビー族：北アメリカに暮らす、ネイティブ・アメリカンの一部族。

モホーク族：北アメリカに暮らす、ネイティブ・アメリカンの一部族。

ニコラ・テスラ：オーストリア生まれのセルビア人発明家。28歳で渡米し、交流電気、蛍光灯などを発明した。エジソンの最大のライバルと言われる。詩作、音楽、哲学にも精通している。

ウィリアム・ブレイク：イギリスの詩人。銅版画家としても有名。

ルクレティウス： 生誕地不明。De rerum natura 「事物の本性について」という著作がルネサンス期に再発見され、原子論が発達するきっかけになった。

アントワーヌ・ド・サン＝テグジュペリ：フランスの作家、操縦士。軍、民間でパイロットとして多数の飛行を経験し、『星の王子さま』『夜間飛行』などの作品を書いた。

ジョン・キーツ：イギリスのロマン主義の詩人。25歳のときに結核で夭折。

おもな参考文献

"The Norton Anthology of American Literature Volume 1" / W・W・NORTON & COMPANY

"The Penguin Dictionary of Quotations" / PENGUIN BOOKS

"The Cambridge Book of Poetry and Song" Charlotte Fiske Bates / T.Y. Crowell & Company

"Native American Sayings & Quotes" Edited by Jeffrey Jeschke

"The Poems of Emily Dickinson" Edited by R.W.Franklin / The Belknap Press of Harvard University Press

"The Illustrated Tesla" Nikola Tesla / Sublime Books

"Little Woman" Louisa May Alcott / Amazon Classics

"The Complete Works of Rabindranath Tagore" / General Press

"Lucretius On the Nature of Things: De Rerum Natura: Book 1" / TUFTS UNIV. DIGITAL LIBRARY

"The Complete Poems of Emily Brontë" / Delphi Classics (Parts Edition)

"The Country of the Pointed Firs" Sarah Orne Jewett / Wilder Publications, LLC.

"Adolescence: Its Psychology and Its Relations to Physiology, Anthropology, Sociology, Sex, Crime, Religion and Education" Granville. Stanley Hall / D. Appleton and Company

"The Poems of Henry Van Dyke" (English Edetion)

"Works of William Blake" / The Perfect Library

"The House at Pooh Corner" A.A. Milne / Egmont UK Ltd

"The SPRINGS of JOY" Tasha Tudor / Simon&Schuster Books for Young Readers

" The Butterfly" http://www.andersen.sdu.dk/vaerk/hersholt/TheButterfly_e.html

"Le Petit Prince" Antoine de Saint-Exupéry / Axioma

"ハートで読む英語の名言" 上・下 加島祥造／平凡社ライブラリー

装幀・本文デザイン…上野かおる（鷺草デザイン事務所）

編集協力…林 聡子

◆ Profile ◆

前田まゆみ（まえだまゆみ）

絵本作家・翻訳家。

神戸女学院大学で英文学を学び、洋画家の杉浦祐二氏に師事。銀行勤めを経て、作家活動を始める。おもに植物、動物を中心とした自然科学系の絵本を手がける。ファブリックや雑貨のデザインも手がけ、京都でリネンのショップ LINNET を運営。

著書に『野の花えほん』(あすなろ書房)、『くまのこポーロ』(主婦の友社)、『ライオンのプライド 探偵になるクマ』(創元社)、翻訳書に『翻訳できない世界のことば』『誰も知らない世界のことわざ』(創元社)などがある。翻訳絵本『あおいアヒル』（主婦の友社）で第67回産経児童出版文化賞翻訳作品賞受賞。

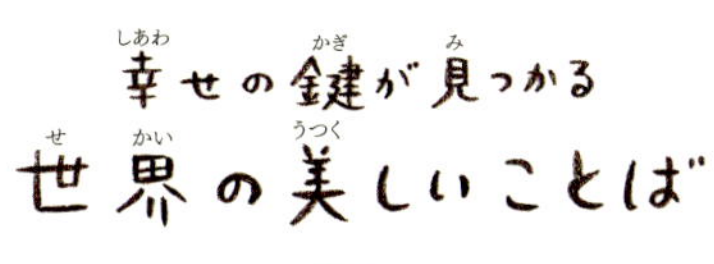

2018年5月20日　第1版第1刷発行
2021年4月30日　第1版第6刷発行

訳・絵…………前田まゆみ
発行者…………矢部敬一
発行所…………株式会社　創元社
本社　〒541-0047　大阪市中央区淡路町4-3-6
TEL.06-6231-9010（代）
FAX.06-6233-3111
東京支店　〒101-0051　東京都千代田区神田神保町1-2 田辺ビル
TEL.03-6811-0662（代）
https://www.sogensha.co.jp/

印刷所…………図書印刷株式会社
プリンティング・ディレクター…………塩田英雄（図書印刷）

 ISBN978-4-422-91035-2 C0098

好評既刊

翻訳できない世界のことば

エラ・フランシス・サンダース著
前田まゆみ訳

B5判変型・上製・112頁・本体1,600円＋税
ISBN978-4-422-70104-2　C0071

他の言語に訳すときに一言では言い表せないような「翻訳できないことば」を世界中から集め、著者の感性豊かな解説と愛らしいイラストを添えた世界一ユニークな単語集。

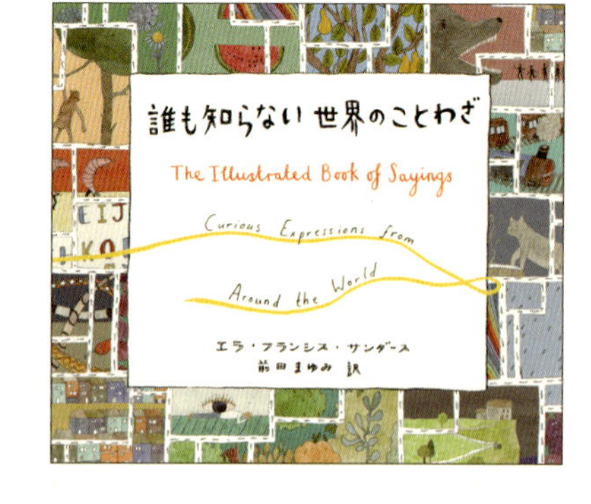

誰も知らない世界のことわざ

エラ・フランシス・サンダース著
前田まゆみ訳

B5判変型・上製・112頁・本体1,600円＋税
ISBN978-4-422-70105-9　C0071

世界的ベストセラー LOST IN TRANSLATION（邦題『翻訳できない世界のことば』）待望の第２弾！　世界のユニークな諺や慣用句を集め、文と絵で紹介。